Bonjour
Je suis Bonhomme Bouchons.

W0398246

Je sais compter.

Je compte
tout
ce que je vois.

1 lune bleue

c'est la nuit
le chien
est gris.

1 petit coeur,
1 grand coeur,
font 2 cœurs.

Oh, la danseuse
aussi a 2 bras et
2 jambes !

Ah oui,
mais il y a
3 danseurs.

7

Et là,
qu'est-ce que
je compte ?

Mais les trous
bien sûr !

Je vole.

Je compte.

Je saute.

Des pâquerettes,
des bulles de printemps,
tout fleurit, tout est 9 !

10

10 belles cerises,
qui les mangera ?

Et moi,
j'ai combien de bouchons ?